El día y la noche

Dona Herweck Rice

El día

3

El día brilla.
El sol ya sube
mientras viaja
entre las nubes.

Ya te levantas;
vas a jugar.
El sol tu día
va a colorear.

¡Te sientes bien!
Es hora de andar.
Y junto al sol,
vas a brillar.

La noche

El lucero brilla.
Se esconde el sol.
La luna alumbra
como un farol.

12

13

En tu camita,
bien abrigado,
te vas durmiendo.
Ya estás soñando.

15

Es hora de descansar.
Ya viene el hombre de arena.
Dormirás pronto, mi niño.
Duerme y sueña.